I pazzarelli, Ossia Il cervello per amore

Alessandro Pepoli

I pazzarelli, Ossia Il cervello per amore

Alessandro Pepoli

AVVERTIMENTO AI LETTORI

Chiunque ha consecrato i suoi deboli, mediocri, o di rado sommi talenti a Talia, deve ben di sovente ricorrere alla pittura di quei pazzi, che funestano, e rallegrano a vicenda la società, senza meritare d'essere totalmente separati. Niuno è costretto a possedere la scienza, o almeno l'istoria della follia, piú dell'autore comico, giacché ne forma essa una perenne sorgente di grazioso ridicolo, di lepidi sali, e di giocondissima fama. In questa guisa il Goldoni, e dietro di lui il facetissimo amico mio Marchese Albergati ottennero il fine di allettare, e di correggere nel medesimo tempo. Io, che, conoscendomi lontano dagli esemplari, non manco però d'ardire (forse temerario) per seguirne le traccie, ho pensato di risalire alla miniera delle pazzie, lasciandone per ora le vene ad ingegni piú sottili, e piú esperti del mio per utilmente valersene. Qual miniera migliore dell'ospitale de' pazzi? Lettore, osserva, ridi, ed approfitta, se puoi.

Personaggi

Aurelio Levanti, ricco cittadino

Flaminio Ponenti, suo amico

Benigno, Aguzzino e custode

Eugenio, servitore e cuoco

Rosina, pazza per musica, e per teatro

Don Fabio, poeta tragico pazzo per poesia

Rodolfo, pazzo per ambizione, che crede di essere l'Imperatore

Alessio, pazzo politico, amatore di gazzette

Candido, pazzo solamente nel credere di avere il naso di vetro lungo mezzo braccio, ma ch'è savio in tutto il resto

Tonino, giovine veneziano, pazzo che ride sempre, e che fà continuamente calzette sui ferri, senza però avanzar mai, neppure d'un punto, nel lavoro

Camilla, pazza per desiderio di marito

Pimpinone, servitore vecchio di

Fulgenzio, padre di Aurelio

La scena è nell'ospitale de' pazzarelli nella città di ***.

ATTO PRIMO

Scena prima

La scena rappresenta dalle due parti tre porticelle laterali, che danno ingresso alle rispettive stanze dei matti. Porta nel mezzo, che dà ingresso ad altri appartamenti, e al camerone, dove si pranza.

Flaminio poi Aurelio.

FLAMINIO Eccomi nella casa di quei pazzi, che si distinguono piú innocentemente degli altri nella società. L'ora è pur quella, che mi fu dall'amico prefissa; Aurelio poco dovrebbe tardare. Sono curioso di questo secreto. Sarà certamente ridicolo, come lo è il luogo destinato per palesarlo (Osservando) Ma egli è qui fedelmente.

AURELIO (piuttosto agitato) Amico, abbracciatemi prima, e poi compiangetemi. L'arcano, che devo manifestarvi, è una vera disgrazia per me.

FLAMINIO (ridendo) E scegliete l'ospitale de' pazzarelli per confidarmi una cosa, che deve affliggervi a tal segno? Il rendez-vous è veramente un poco piú che bizzarro.

AURELIO Lo sarà, non vel niego, ma, se egli è la scena della mia presente tragedia, v'interesserò qui con piú forza che altrove.

FLAMINIO (con sorpresa) La scena della vostra tragedia! (Guardandolo a piú fiate) Amico, fa caldo; non vorrei... in verità m'intemorite sul serio.

AURELIO No, non vi faccia spavento il mio cervello; quel poco, che ho sempre avuto...

FLAMINIO Ch'è veramente poco.

AURELIO Vi ringrazio, ma lo conservo tutt'ora.

FLAMINIO Dunque...

AURELIO Dunque si tratta d'amore. Questa per le anime sensibili è una sventura piú grande d'ogni malattia.

FLAMINIO Bravo! E per iscoprirmi tanta sventura avete scelto l'ospitale, come se prevedeste, che dovesse questo essere il suo termine naturale!

AURELIO Sí, anche per questo, giacché l'amore è una specie di pericolosa pazzia, e giacché un giorno posso avere la consolazione di vedere pazzo pur voi; allora sí che vorrei vendicarmi del vostro ridere! Ma, lasciando le burle, la vera ragione si è, che pur troppo il mio cuore è in questo luogo.

FLAMINIO Ma cielo! voi non volete, che rida, e ogni parola di piú che voi dite va crescendo per me nel ridicolo, e nella meraviglia. Il vostro cuore è in questo loco! Siete innamorato dell'ospitale?

AURELIO (con moto di sdegno) Eh! che maledetto genio di eternamente burlare avete nel corpo?

FLAMINIO Di qualche pazzo? (continuando ad interrogare Aurelio).

AURELIO Forse sí.

FLAMINIO (dando in dietro) Oh diamine! E voi mi chiamate per confidarmi queste vergognose leggerezze?

AURELIO Sotto il nome collettivo di qualche pazzo può comprendersi ancor qualche pazza. Non vi stupite, caro Flaminio, per non mostrare poi troppa ignoranza.

FLAMINIO Tutto quel che volete, ma non poteva io credere, che voi foste presentemente occupato nei rigori grammaticali. Vi sono dunque delle pazze qui dentro? Non me l'avrei immaginato, perché son piú rare le pazze femine, che i pazzi maschi; giacché noi altri uomini non abbiamo sí poco giudizio di privarci di quelle creaturine troppo utili alla conversazione, e ci contentiamo piuttosto di chiudere i nostri fratelli, che hanno men sorte delle donne in materia di pazzia.

AURELIO Signor sí, che ve ne sono. Due ne ho contate con questi occhi; ed una... (intenerendosi).

FLAMINIO Col cuore; non è vero? Ho capito tutto.

AURELIO Che bella ragazza! Oh che bella ragazza! Peccato che non abbia giudizio!

FLAMINIO Dite anzi, che sarebbe peccato se lo avesse, perché allora non vi baderebbe.

AURELIO E perché mi fate voi questo torto?

FLAMINIO Perché un uomo, che s'innamora perdutamente a prima vista, mostra di non curare né spirito, né saviezza, ma soltanto una bella taglia, e una graziosa fisonomia, qualità comunissime tanto al senno, che alla follia.

AURELIO (impazientandosi) Ma voi le date a me sempre brusche, senza lasciarmi tempo né men di finire. Questa adorabile pazzarella, di cui non so nulla, se non se che ha nome Rosina (quando pure non vaneggiasse anche in questo chiamandosi tale da se medesima) non mi bada né men per sogno, sicché voi sbagliate, con vostra pace, sino dal fondamento.

FLAMINIO Non vi bada, e voi vi riscaldate per essa in tal guisa? E non dovrò dire, che siete a uno stato deplorabile?

AURELIO Si, lo sono ma...

FLAMINIO Ma non da ospitale; v'intendo. Ditemi in qual guisa vi siete acceso; e se mi fate il torto di credere, che la mia amicizia possa avere qualche influenza fra queste mura, profittatene pure.

AURELIO Accetto la vostra offerta; il vostro ingegno è notissimo, ond'io con gioia non debba prendervi tosto in parola. Passando a caso per la strada, ch'è guardata dall'ospitale, ho sentito una voce all'insú, che soavemente cantando, benché in un modo vario, e bizzarro, si meritava l'attenzione degli abitanti di queste case vicine, che stavano tutti attenti a sentirla dalle loro finestre. Mi sono fermato ancor io ad udire cosí dolce armonia; la vista segui curiosamente l'udito, e tra la ferrata d'un elevato balconello rimarcai un volto, un volto, che mi ferí senza riparo d'una piaga insanabile. Oh voce! Oh angelica bellezza!

FLAMINIO Avanti; alla conclusione.

AURELIO A un altro balconcello vicino eravi una sua compagna, cred'io, che la fischiava nel mezzo del suo canto, e tutti si smascellavano dalle risa. Quella, che possede il mio cuore, interruppe il canto, e la sgridò dicendole: fa quel che vuoi, ma Rosina in teatro sarà principessa, e tu farai appena da ultimo musico in caso di necessità. Poi ridendo chiuse la finestra, e lasciò tutti a bocca aperta.

FLAMINIO Bella davvero!

AURELIO Da quel giorno, amico, ho perduta la pace. Sei tu solo, che possa aiutarmi.

FLAMINIO Ma come? V'ho detto, comandatemi. Da voi soffro tutto.

AURELIO Soffrite dunque per due o tre giorni solamente di essere pazzo con me, almeno in apparenza.

FLAMINIO Ma questo è impossibile per Flaminio, quando può essere facilissimo per Aurelio. Voi ingannerete ogni buon conoscitore; ma io...

AURELIO V'ingegnerete di farlo con me. Sentitemi: non c'è altro caso d'innamorare una pazza, che fingendosi pazzo; e poi non si potrebbe stare con essa, né viver seco senza un tale artifizio.

FLAMINIO Ma io non voglio mica esser preso per pazzo davvero, e, quando credessi bene d'uscirne, essere poi obbligato a vivere qualche anno nell'ospitale. Mi fareste un bel servizio.

AURELIO Guadagneremo i custodi; per due tre giorni si lasceranno qui dimorare, affinché abbiasi campo di tentar la fortuna. Se Rosina in questo tempo condiscenderà a sposarmi, io me la condurrò a casa bella e matta com'è. Se poi no, procurerò di guarire, e di ritornarmene. Amico, (abbracciandolo) non mi dite di no.

FLAMINIO Che si ha da fare? Orsú, Flaminio, per compiacenza, parerai anche matto (stringendosi nelle spalle).

AURELIO Oh quanto vi ringrazio! Eccolo qui a proposito una qualche persona di servizio. A fisonomia parmi un guattero.

FLAMINIO Raccomandiamoci a questo. Quante volte non si comincia dai guatteri!

Scena seconda

Eugenio chinandosi ai due suddetti, mostra di passare in altra camera, ma Aurelio lo trattiene.

Eugenio, e detti.

AURELIO Amico, sentite una parola.

EUGENIO In che posso servire questi signori?

FLAMINIO (mostrando Eugenio) Dite: non si somiglia tutto al nostro comune amico Nicodemo?

AURELIO Pare Nicodemo sputato. Venite qui, lasciate, che v'abbracci.

FLAMINIO (abbracciandolo dall'altra parte) Oh caro!.

AURELIO (fa lo stesso) Oh benedetto!

FLAMINIO (ad Aurelio) (C'incamminiamo assai bene ad essere, e a parere).

EUGENIO Ma, signori, non mi soffochino, per carità. Avrò per disgrazia tutto l'aspetto del signor Nicodemo, ma mi dispiace assai di tale involontaria rassomiglianza.

FLAMINIO Perdonateci uno sfogo d'amore per questo nostro grandissimo amico (lasciandolo). Voi siete offiziale, non è vero?

EUGENIO Sí, signore.

AURELIO Basso, o alto?

EUGENIO Oh! alto e basso perché son solo.

FLAMINIO Siete voi dunque il cuoco dei matti.

EUGENIO Che sono però matti in tutto, fuori che nel mangiare.

AURELIO Ha dello spirito questo galantuomo (guardando Flaminio).

EUGENIO (cavandosi la berretta) Bene obbligato.

AURELIO Diteci di grazia: chi è il custode di questo ospitale? Siete voi pure anche quello?

EUGENIO Non signore. Qui di maschi siamo due soli in servizio. Il cuoco che son io, e l'aguzzino, il quale fa da custode, e che si chiama Benigno.

FLAMINIO Bel nome veramente per un aguzzino! Si mostra poi tale coi matti?

EUGENIO Sí, signore, perché li regala spesso di qualche nervata.

AURELIO È uomo compiacente per i forestieri?

EUGENIO Signori... hanno viaggiato? (osservandoli fissi).

FLAMINIO Perché?

EUGENIO Temo che no.

AURELIO Ma spiegatene la ragione.

EUGENIO Perché, se avessero viaggiato, saprebbero a memoria, che le persone di servizio sono sempre compiacenti con chi le regala.

FLAMINIO (in disparte ad Aurelio) (Amico, il cuoco dei matti era destinato nostro maestro).

AURELIO (a Flaminio) (Bisogna approfittarne).

FLAMINIO Si potrebbe vedere questo signor Benigno?

EUGENIO (impazientandosi) Ma vogliono vedere i matti, sí o no? Non c'è bisogno di tanti complimenti. Io perdo il mio tempo...

AURELIO Quietatevi, ve lo risarciremo, purché ci aiutate in quello, che ora da noi vi sarà proposto.

EUGENIO Quando si tratti di guadagnare... Ecco qui Benigno. Camerata, vien qui. Questi due signori ti domandano. Si spieghino pure seco lui con libertà. Egli ha il medesimo naturale, che ho io.

Scena terza

Benigno, e detti.

BENIGNO Servo umilissimo.

FLAMINIO (Bisogna farsi coraggio).

AURELIO (a Benigno e ad Eugenio) Venite qui tutti due, amici. Noi abbiamo bisogno d'una grazia.

BENIGNO D'una grazia?

FLAMINIO Sarete già ricompensati.

EUGENIO Spiegatela una volta.

BENIGNO (ad Eugenio all'orecchio) (Ehi, c'è da guadagnare? Se no vado via).

EUGENIO (a Benigno) (Chi sa? Non so ancora capirli).

AURELIO La grazia, che far ci potreste è quella di accoglierci per due tre giorni soli in questo ospitale, chiudendoci, e considerandoci perfettamente come due matti.

BENIGNO (ad Eugenio) (Amico non intendi? Costoro hanno dato la volta). (Facendo cenno con la mano che sono pazzi) Capisco. Vengono a casa. Ben venuti.

FLAMINIO Vi saremo tanto obbligati.

BENIGNO Non dubitate. Guarda, amico, se li ho conosciuti ben presto (alzando il nerbo).

AURELIO Non ci trattate poi colle brusche.

BENIGNO A suo tempo vi saranno le dolci; intanto dentro (accennando cacciarli dà una leggiera nervata per uno ai due).

AURELIO Ahi! (sentendosi percuotere).

FLAMINIO Ahi! (come l'altro impiazientato) Ecco il primo frutto del nostro veramente pazzesco progetto. Per voi, che siete innamorato, pazienza: ella è una mancia ben giusta, ma per me poi farmi bastonare per amicizia è un poco troppo; un Pilade stesso, non credo ne farebbe tanto. BENIGNO Orsú men ciarle; là dentro (minacciandoli).

EUGENIO (a Benigno) Fermatevi, amico. Per questa volta ho paura, che siate piú savio di questi signori, solamente nel nerbo. Essi non mi sembrano di quei pazzi, che si chiudono qua dentro. Questi tutto al piú sono dei soliti pazzi da strada.

BENIGNO Presto, figliuoli, datemi dunque una prova del vostro buon giudizio.

AURELIO Io sono innamorato...

FLAMINIO (ad Aurelio) Per carità, amico, non date di queste prove, o ci torna qualche altro regalo sul dorso. Badate a me, galantuomo: (a Benigno) Avete qui dentro una pazzarella, che si chiama Rosina, che ha una bella voce, che canta assai bene?

BENIGNO Sí, signore; e per questo?

AURELIO Io ne sono innamorato, e...

FLAMINIO Ma zitto; non sai dire altro che questa parola per farti credere peggio di quello che sei? (Mi duole ancora la schiena). (Fra sé contorcendosi. Chiamando Eugenio) Voi, che avete un po' piú di flemma di quel signore (additando Benigno) avvezzo solamente a ragionare alle corti coi matti, fateci da avvocato presso di lui. Ditegli, che Aurelio Levanti mio amico ha bisogno di moglie, che qui a bella posta viene a cercarla... (Non posso trattenermi dal burlare anche a mio danno) (fra sé).

EUGENIO (interrompendolo) Nell'ospitale! Per mia fè, questa ragione non vi procurerà un gran favore presso del giudice.

AURELIO Caro amico, se io mi sono innamorato di Rosina sarà naturale, ch'io desideri lei per mia moglie, piuttosto che un'altra.

BENIGNO (sorridendo) Ah, ah, adesso principio a capir qualche cosa.

FLAMINIO Se intendevate un po' prima, starebbero meglio le ossa del povero Flaminio Ponenti (contorcendosi).

AURELIO È ella di onesta condizione?

EUGENIO Signor, sí. Ha un fratello, che viene a trovarla ogni quattro mesi, e che le mangia frattanto pulitissimamente il suo, colla buona occasione di aver ella perduto il giudizio.

FLAMINIO Come l'ha perduto?

BENIGNO Figurandosi di essere ora Didone, ora Semiramide, e che so io? Credendosi insomma una prima cantatrice di teatro.

AURELIO (a Flaminio) (Oh cara! Me n'era bene insospettito in quei pochi momenti).

FLAMINIO Veniamo dunque, se si può, alla conclusione. Uditemi tutti, e anche voi amico, (ad Aurelio) perché bisogna sopra tutto esser d'accordo. Se ci lasciate entrare nell'ospitale come pazzi per due o tre giorni, lasciandoci poi uscire, (ricordatevi bene) vi regaleremo dieci zecchini per cadauno. Se poi riusciremo ad avere per Aurelio il consenso di essa, onde la sposi, e se la conduca a casa, e se voi lo permetterete, cinquanta bei zecchini pure per uno vi entreranno in tasca; dieci poi vedete che in ogni caso non vi possono mancare.

BENIGNO Fateci vedere qualche zecchino per prova di essere veramente savi.

AURELIO (tirando fuori la borsa) Sí, quanti volete.

EUGENIO Capperi! Non solamente savio, ma anche filosofo.

BENIGNO Vi domando perdono, signori, se ho sbagliato...

FLAMINIO Eh! basta, basta; ti prego solamente di non isbagliare mai piú. (Ai due) Sappiate dunque, per poterci trattare in conseguenza, che il mio amico si fingerà un pazzo melanconico, che detesta tutte le donne, io un pazzo allegro, che va dietro di tutte.

AURELIO No, piuttosto fingiamo tutto il rovescio.

FLAMINIO Credete a me, ho pensato a tutto, e questa è la strada migliore per arrivare al vostro fine. Dal vostro racconto medesimo ho capito che quell'altra giovine pazza qui dentro...

BENIGNO Ah! sí, Camilla, la figlia dell'imperatore.

AURELIO Come? C'è una figlia dell'imperatore nell'ospitale?

EUGENIO Vuol dire d'un altro pazzo, che crede di essere questo sovrano.

FLAMINIO Questa Camilla dunque ho capito, che dà qualche inquietudine alla vostra Rosina. Un uomo che vantandosi di sprezzar tutte, badasse subito subito alla prima, per pungere la seconda, farebbe meglio di chi si sfegatasse per quella, che ama, e che già non ha giudizio per corrispondergli in quella maniera, che si costuma co' savi.

AURELIO Mi piace l'idea; ora ne convengo con voi. Tutto sta, ch'io possa resistere, ma...

FLAMINIO Questo poi bisogna poterlo. Siete disposti a compiacerci? Noi già, fidatevi, non abuseremo di alcun giusto riguardo.

EUGENIO (a Benigno) (A fisonomia mi sembrano galantuomini).

BENIGNO (ad Eugenio) (Certamente; quei zecchini...)

EUGENIO (a Benigno) (Sarebbe peccato a lasciarli scappare).

FLAMINIO (ad Aurelio, additando gli altri) (Le volpi a consiglio). E cosí? (ai due).

EUGENIO Siamo persuasi, e prontissimi; ma per tre giorni al piú solamente, poiché, se. si scoprisce potremmo incontrare qualche disgrazia.

FLAMINIO Siamo in parola. Da questo momento cominciate a trattarci come vostre creature; excipe il nerbo.

AURELIO Se si potesse, vorrei vederla presto la mia Rosina.

BENIGNO Intanto vi chiamerò i pazzi maschi per potere con piú ragione farvi vedere le pazze femmine. Prima di tutto bisogna, che vi cambiate vestiario, non perché non si possa esser matto anche in questo, ma perché vi si possa conoscere tali piú facilmente.

FLAMINIO Ma come possiamo travestirci? Qui non abbiamo niente.

EUGENIO A me. Una veste da camera antica, con una berretta per il pazzo melanconico, mobili che ho ereditato dalla buona memoria d'un pazzo mio amico. Per quell'altro poi un abitino succinto, succinto, e qualche nastrino color di rosa anderà a meraviglia. Vado, e vengo (parte e poi torna).

AURELIO Ah! qual delirio, innamorarsi in tal guisa d'una, che non ha piú cervello! Se potesse ritornarglielo il mio amore...

FLAMINIO Tutto sta, che per renderlo a lei, non perdiate voi quel piccolo rimasuglio, che pur vi avanza. Ecco la metamorfosi (veggendo Eugenio con le spoglie indicate. Si abbigliano col soccorso d'Eugenio, e piú presto, che si può).

EUGENIO Non istarete male no.

FLAMINIO Capisco; non vi sarà tanta inverisimilitudine.

BENIGNO (fra sé) (Si moltiplicano i miei vassalli; io sono finalmente un piccolo re). Intanto, giacché a momenti voi siete all'ordine, vi farò venire un pazzo, che si chiama il pazzo tragico, mentre è divenuto tale per voler comporre di quelle minchionerie, che servono al teatro. Ehi, Don Fabio (chiamandolo).

Scena quarta

Don Fabio, ch'esce dalla porticella in fondo a mano sinistra, con ghirlanda d'alloro in capo sopra una nera capillatura vestito di lunga casacca, cinto d'una fascia, e calzato coi coturni.

Don Fabio, e detti.

DON FABIO (avanzandosi a lenti passi)

Chi mi vuol, mentre Melpomene

Agitando i miei pensieri

Scene orrende appresta al popolo

Di spelonche, e cimiteri?

BENIGNO Niente, niente, son io, che vi desidera, io che porto, come sapete, pochissimo rispetto a questa vostra signora.

DON FABIO

Tu non sei nato in Grecia,

Uomo ignorante, e vile,

Sol delle genti barbare

Nato a seguir lo stile.

BENIGNO Non sarò nato in Grecia, ma nemmeno a Montebaldo, come tu, pazzo del diavolo.

DON FABIO (mettendosi le mani alla cinta)

Come parli, fellon?

BENIGNO Parlo con questo (gli dà una nervata).

DON FABIO

Ahi! qual colpo improvviso!

Tiran, sarai contento, eccomi ucciso

(si getta supino in terra).

FLAMINIO (ad Aurelio) (Amico, a quel che vedo, avremo un grazioso compagno in costui).

AURELIO (a Flaminio) (Adesso che tutti fanno tragedie, va bene, che se ne facciano anche nell'ospitale).

FLAMINIO (ad Aurelio) (Dite piuttosto quante non istarebbero meglio qui, che altrove!)

EUGENIO (a Don Fabio che sta a terra) Amico, risuscitate, se no non si pranza.

DON FABIO (rizzandosi ma come a sedere)

O dolce nume,

Che mi rendi la vita, e quando mai

Da mangiar mi darai?... Tanta è la fame...

EUGENIO Sí, presto; non dubitate. Alzatevi, ed accogliete intanto questi vostri due confratelli, che vogliono stare con voi per la stima, che portano ai vostri libri.

DON FABIO (alzandosi con una riverenza cerimoniosissima, parlando presto) Oh! Signori, la loro bontà strabocchevole, per le mie produzioni miserabili, mi rende tanto superbo l'animo, che quasi arrivo a credermi... (riprendendo fiato, e incalzando) e siccome le loro signorie conoscono l'immensità del mio merito...

AURELIO Uh! se la conosciamo! Anzi abbiamo ammirato anche nei presenti versetti...

FLAMINIO (ad Aurelio) (Amico, non vi sforzate a parlare da savio; e finito. Ora conviene dire degli spropositi). Le vostre opere incantevoli, fin nella luna celebri, di cui le scene eccheggiano, con fischi, e con applausi...

DON FABIO (interrompendolo) Che fischi? che fischi? Non si usa in teatro a fischiare che i saví...

FLAMINIO Avete troppa ragione.

AURELIO (Questa volta il pazzo credo, che dica la verità) (da sé).

BENIGNO (ad Eugenio) (Va'; chiama Candido, ed Alessio). (Eugenio parte; poi in disparte ad Aurelio e a Flaminio) Di questi due, che verranno, l'ultimo è pazzo per quelle favole da due soldi, che si chiamano, mi pare, gazzette, il primo è pazzo per credere d'avere il naso lungo due palmi, e quel ch'è peggio di vetro. Per altro, in tutto quello, che non è naso, ha il suo giudizio come noi. Ma per carità regolatevi con prudenza col poeta piú che cogli altri, perché è sulfureo, e nato in aria sottile.

Scena quinta

Candido esce dalla porticella dirimpetto a quella di Don Fabio, vestito decentemente, e con una racchetta in mano. Alessio che lo segue abbigliato d'una sopraveste fornita di gazzette, scapigliato, e coi capelli neri. Ha dei foglietti in mano che legge, e tiene gli occhiali sul naso.

Candido, Alessio, Eugenio, e detti.

CANDIDO (esce col riparo al naso, e dice ad Alessio che sta per uscire) Largo, amico, largo. Sapete il mio incomodo. Se mi urtate un tantino il mio povero naso va subito in pezzi.

ALESSIO Sí, sí, non vi dubitate. Quel vostro naso è un poco incomodo. (Ad Eugenio che lo conduce) Figuratevi se posso badare a stargli lontano. Ho da leggere questi foglietti, che mi sono capitati, e si tratta seriamente d'una guerra, che significa certamente piú assai d'un naso.

EUGENIO (ad Alessio) Oh! avete ragione. (Va all'orecchie di Benigno) (Io vado ad allestire il pranzo, poiché è tardi, e i matti anderanno in furia).

BENIGNO (ad Eugenio) (Va pure).

EUGENIO (a Benigno) (Ti raccomando questi signori, perché non li disgustiamo).

BENIGNO (ad Eugenio) Eh! non c'è dubbio. Per cinquanta zecchini farei altro, che questo (Eugenio parte).

FLAMINIO (ad Alessio) Che notizie vi sono, signore?

ALESSIO Si minaccia una gran rottura fra le potenze, ed io prevedo pur troppo, che l'Olanda sarà sacrificata. Ella è troppo ricca, e tutte queste corone la guardano di molto buon occhio.

AURELIO (Finora non mi par tanto pazzo) (fra sé)

ALESSIO (battendo i piedi con moto di collera dopo aver letto) Ma giuro al cielo, se la casa d'Austria si arrischierà tanto, io metterò in armi tutti i Paesi Bassi. Non posso soffrire ingiustizie.

DON FABIO C'è niente per me? Vi ho pure raccomandato di pormi in salvo i casi piú atroci per formarne argomento di qualche tragedia.

ALESSIO Finora non vi è niente (seguita a leggere).

CANDIDO (inchinandosi ad Aurelio, e a Flaminio; senza però avanzarsi, e diriggendo la parola a Benigno) Chi sono questi signori?

BENIGNO Sono presentemente due vostri confratelli. Presto, andate, abbracciatevi (Aurelio avrà fatto cenno di avvicinarsi a lui per abbracciarlo).

CANDIDO (ritirandosi indietro, e mettendosi il paranaso) No, per pietà, dispensatemi. Non vedete la mia disgrazia? Con un naso lungo due palmi, e fatto di vetro (fosse almen di cristallo e di quello di Boemia) non posso sicuramente abbracciarvi.

BENIGNO E che sí, che potrete abbracciarvi? (alzando il nerbo, e minacciandolo).

CANDIDO (inginocchiandosi) Ma questo è un violare l'umanità. Un povero galantuomo, ch'è castigato abbastanza dalla provvidenza in una parte sí nobile, e sí esposta come questa, bisogna poi che sia rispettato dalla compassione degli uomini.

FLAMINIO Signor custode, di grazia non l'obbligate.

BENIGNO Via alzatevi. (Candido s'alza) Fatevi dunque reciprocamente buona conversazione.

CANDIDO (ad Aurelio e a Flaminio avvicinandosi con cautela) Amici, per qual ragione qui dentro? È un gran malanno l'entrare fra queste mura, massimamente per l'opinione del mondo. Io ci sto ingiustamente, perché mi sento il cervello a segno sopra di tutto. Se non avessi la sfortuna di questo naso, ne vorrei uscire a ogni patto; ma questi custodi sono bestie, e in un moto di collera me lo possono gettare a terra come se fosse una boccia, o un bicchiere. Ma ditemi la passione che vi tiene occupato l'animo?

FLAMINIO (ad Aurelio) (Stiamo in carattere). Che bella cosa le donne! Cari, cari, quegli animaletti. (Ridendo) Non ve n'è uno che non mi piaccia. Me li prenderei tutti in una volta per vagheggiarli e farmeli ballare sulle dita. Donne, voi siete per me un gran bel nome!

AURELIO (che sarà vicino a Candido) Donne, donne? (sdegnandosi) Son diavoli. (Gestendo con forza) Voi insensato non intendete...

CANDIDO (facendosi indietro, e mettendosi il riparo) Per carità, signore, per gestire contro le donne, non inferocite contro il mio naso. Da quelle a questo passa una gran differenza.

FLAMINIO Ma voi, che avete giudizio, decidete chi ha ragione fra noi.

CANDIDO (sempre in sospetto) Deciderò, ma alla larga.

AURELIO (a Flaminio) (Spaventiamolo). (Incalzando Candido, che si ripara sempre rinculandosi) Se voi foste capace di decidere contro di me; direi; farei...

CANDIDO (intimorito) Oh! avete troppa ragione. Dico anzi, che le donne sono peggiori di tutto quel che volete. (Capperi! mi preme il mio naso) (da sé).

FLAMINIO (minacciandolo) Ah! voi parlate così?

CANDIDO Cielo! quale imbroglio! Scappiamo dall'altra parte (va mettersi vicino ad Alessio che incomodato dal rumore dice).

ALESSIO (con sdegno) Eh mi disturbate (alzando la mano verso il naso di Candido).

CANDIDO (vedendo questa mano vicino al suo naso rincula precipitosamente, e dice) Oh Dio! per carità. (Sono andato da Scilla a Cariddi). (Si va tastando il naso per timore, che sia offeso). (Fortuna, (tastando) che non è nemmeno crepato; ma ci è mancato ben poco) (da sé).

DON FABIO (come avendo pensato) Sí, questa nuova tragedia voglio, che sia replicata per tutto un carnovale; quell'incendio del bosco in ultimo farà un mirabile effetto.

BENIGNO Voglio che vi vediate tutti, e poi vedrete le donne. (Va ad un camerino) Ehi, Rodolfo. (Ad Aurelio e a Flaminio) Questo è l'Imperatore. (E poi all'altro in faccia) Ehi, Tonino. Questo è il fa calzette, che se anche lo ammazzano, ride.

Scena sesta

Rodolfo con il cappello in testa fornito d'un nastro, alla cintola il fodero d'una spada e in mano, invece, e in forma di bastone un lungo cartone coperto di carta dorata, due, o tre ordini nel petto, ed uno in mezzo la schiena; vestito nel rimanente alla francese, ma in cattiva forma. Tonino abbigliato d'una sopraveste bianca aperta nel petto, che resterà mezzo scoperto come le donne, con una berretta in testa pur bianca posta alla parte, fornita d'un nastro color di rosa. I capelli carichi di polvere, e tutti raccolti in una piccola coda. Dinanzi un grembiale, alla cintola del quale è raccomandato il piccolo beccatello, che sostiene i ferri delle calzette. In piedi poi avrà un paio di pianelle gialle.

Rodolfo, Tonino, e detti.

RODOLFO (mettendo il capo fuori della porta) Chi ci domanda? Qualche re? Sento, che non ci danno i nostri titoli.

BENIGNO Oh! scusate, sacra maestà.

TONINO (venendo fuori dall'altro lato) I me chiama? Ah, ah, ah, (ridendo) sarà el sior Benigno. Ah, ah, ah. Giera drio a far ste calze. (Sorridendo) no le fenisso mai (seguita a far calze).

ALESSIO Oh! una gran novità. Venite qui Don Fabio, ch'è fatta apposta per voi.

DON FABIO Che c'è? Che c'è. Narratemela.

ALESSIO Un figlio, che ha ammazzato barbaramente sua madre.

DON FABIO Bravo! bravo! Questo è un nuovo Nerone, e potrò farne una seconda Agrippina.

TONINO Un fio che ha mazzà so mare! Oh, oh, oh. La xè gustosa. Tirè avanti, sior Alessio. Ghe xe altri de sti bei esempieti? Oh, oh, oh.

ALESSIO Gran pazzo ch'è colui.

FLAMINIO (ad Aurelio) (Se non si avesse da fare altro nel mondo, sarebbe un gran bel vivere nell'ospitale! Almeno questo genere di pazzi dà gusto).

AURELIO (a Flaminio) (A me non può darmelo che la mia Rosina. Tutto va bene, ma ella ancor non si vede).

ALESSIO (leggendo) Questo imperatore, questo imperatore si prende delle gran libertà. Bisognerà aprire gli occhi, e metterlo in soggezione.

RODOLFO (mettendole mani in fianco, e in collera) Che dite? Parlate con creanza, o vi facciamo appiccare per delitto di lesa maestà. Impertinente! Abbiamo stampato i nostri manifesti, abbiamo pubblicate le nostre ragioni. Il nostro gabinetto ci ha fatto giustizia, e noi vogliamo farcela cogli altri.

TONINO Ohe, l'imperator va in collera. Ah, ah, ah.

AURELIO (a Benigno) (Ma, amico, per carità, questa Rosina).

BENIGNO Oh! s'avvicina l'ora della buccolica; bisognerà chiamare le donne.

(Chiama al camerino piú vicino alla platea a mano dritta, poi a quello di rimpetto; dall'uno Rosina, dall'altro Camilla) Rosina, Camilla, è ora d'unirsi con tutti.

Scena settima

Rosina vestita capricciosamente da prima donna seria esce cullandosi con gran guardinfante, con piume mal ordinate, e piccola corona di carta in testa, con qualche neo sul volto, e col ventaglio in mano. Camilla vestita di bianco, in forma di ninfa, adorna di molti fiori, con un mazzo sproposito nel seno, tutto il resto a piacere, purché in carattere.

Rosina, Camilla e detti.

ROSINA (sostenendosi il guardinfante, e cantando a capriccio il seguente recitativo diretto a Benigno)

Eccomi a' cenni tuoi

Compiacente qual vuoi sposa, e regina;

(con fretta)

Tuo sostegno in un punto o tua rovina.

(parlando) È ora dell'aria.

(cantando)

Son regina, e sono amante?

Ricordatevi di avvisarmi.

AURELIO (in disparte) (Oh benedetta!)

CAMILLA (uscendo dall'altra parte) Ho inteso a domandare dell'infelice Camilla. Sarebbe forse un marito, che dopo tanti secoli venisse finalmente a consolarmi?

FLAMINIO (mostrando di rallegrarsi) Signora, chi sa? lo almeno son qui arso, morto per desiderio di moglie.

RODOLFO Sappiate, che, se non siete qualche testa coronata, non potete pretendere alla mano di nostra figlia, qual è costei.

FLAMINIO Ah! scusate, o Cesare; non avea la fortuna di conoscerla come tale.

ROSINA (cantando)

Chi son que' due stranieri

Vagabondì, smarriti,

Che approdarono arditi

Dalle spiagge di Troia a queste arene

Libertade cercando, e non catene?

FLAMINIO (ad Aurelio) (Sentite? Abbiamo intanto guadagnato il bel titolo di vagabondi).

AURELIO (a Flaminio) (Ah! tutto è un zucchero da quella bocca). Signora, siamo...

FLAMINIO (tirandolo per le vesti) (State saldo, amico; ricordatevi, che non potete soffrire le donne. Lasciate fare a me i complimenti). Signora, siamo due troiani degni della vostra compagnia. Io sono il gran Flaminio conquista-cuori; questo è il mio amico Aurelio schiva-femmine. Siamo in tutto conformi ai nostri cognomi.

CAMILLA Signor Aurelio, (inginocchiandosi a lui) accettate dunque la mia dichiarazione; non ho mai potuto piacere a chi amava le donne, spero presentemente di piacere a voi, che le odiate.

AURELIO (con maniera brusca) Alzatevi; andate via.

FLAMINIO (ad Aurelio) (No; fatele buona cera).

CAMILLA (alzandosi) Come?

RODOLFO (fra sé) (In qual umile situazione doveva ridursi la figlia d'un sí potente sovrano!)

AURELIO Ah! scusatemi, non vi aveva ben ravvisata. (Guardandola) Voi sola, sí voi sola, se il mio costume non fosse tanto radicato, meritereste di placarmi col vostro sesso (guardandola raddolcito).

ROSINA (Colui non può soffrire le donne, e si commove sí facilmente per quella pazza!) (fra sé).

BENIGNO Io parto per qualche momento sin che portano in tavola (ad Aurelio e a Flaminio). (Mi fido di voi). Ehi, ragazzi, abbiate giudizio, state in buona pace, e non fate sussurri, se no questo amico lavorerà. (Additando il nerbo) Avete inteso?

TONINO Sior sí, avemo capio. Ah, ah, ah. Co le averò fate, salo? ghe vogio donar sto per de calze. Tuto perché el sia bon. Ah, ah, ah.

BENIGNO Sí, sí, matto del diavolo. Se aspetto di mettermi le tue, non metto calze mai piú.

Scena ottava

Rosina, Camilla, Don Fabio, Rodolfo, Alessio, Candido, Tonino, Aurelio e Flaminio.

AURELIO (a Flaminio) (Ma io non posso resistere alla tentazione di dirle qualche parola).

FLAMINIO (ad Aurelio) (Lasciate, che gliela dirò io).

AURELIO (fra sé) (Doversi consolar per procura è una gran brutta cosa!)

ROSINA (guardando Camilla, che andrà facendo dei gesti, come discorrendo da sé) (Colei a quest'ora fa i conti sul matrimonio. Appena, che capitano, han da esser per lei. Maledetta!) (fra sé).

FLAMINIO Signora Rosina, se non m'inganno, sappiate, che sono portatissimo per il bel sesso; e che per conseguenza ho una grande inclinazione anche per voi.

ROSINA (sdegnandosi) Bel complimento! Son matta, ma lo capisco. Una regina della mia sorta ha da esser posta a mazzo con le pedine? In verità siete due matti alquanto asini qui venuti dì fresco.

AURELIO Ma io come c'entro, signora?

FLAMINIO (ad Aurelio) (Niente, amico, anche questo è un zucchero).

ROSINA Voi siete un asino, perché non mi avete ancora detto una galanteria. Quando si va in iscena, non si trattano cosí le prime donne.

CAMILLA (a Rosina) Questo, ehi, lascialo stare. Ha conosciuto il mio merito in preferenza del tuo.

AURELIO (a Flaminio) (Ah! tu m'hai rovinato).

FLAMINIO (ad Aurelio) (Niente; flemma, e costanza, vi dico; il principio è anzi ottimo).

In tutto questo tempo Don Fabio passeggerà su, e giú in atto di comporre. Alessio leggerà la gazzetta, e mostrerà di ricominciarla, quando è finita, guardando però di tratto in tratto il suo abito, come per incontrare qualche articolo di gazzetta passata. Tonino seduto da una parte che fa come il solito calzette, e che sorride di quando in quando. Candido, che si va guardando da Don Fabio, che passeggia con furore, e temendo per il suo naso, fa lazzi su

20

questo. Rodolfo sarà andato a prendere nel proprio camerino un piccolo scanno circolare, con un gradino semicircolare sotto, da lui creduto un trono, dove starà seduto alteramente, e appoggiato sulla sua finta canna.

ROSINA Camilla, non istuzzicarmi, perché, perché...

Vedrai con tuo periglio

Di questa spada il lampo...

(minacciandola col ventaglio; cantando sempre a capriccio secondo il tenore delle parole; poi rapidamente passando a un cantabile pure a capriccio s'avvicina ad Aurelio lentamente, e con tutta la dolcezza)

E tu serena il ciglio

Se l'amor mio t'è caro;

L'unico mio periglio

Sarebbe il tuo martir.

(Aurelio in questo frattempo farà dei segni di non saper come resistere, e Flaminio di trattenerlo).

AURELIO (a Flaminio) (E devo star su?)

FLAMINIO (ad Aurelio) (Sí; se non è ancora il tempo di andar giú). Me ne consolo, signora; voi superate un rosignuolo.

Nel tempo, che Rosina canta, Don Fabio sarà rimasto estatico, e si sarà fermato. Rodolfo seduto sempre nel mezzo, avrà dati segni di molta approvazione.

RODOLFO Brava! Ci piacete. Vi prenderemo alla nostra corte. Accettate intanto per un piccolo segno della nostra gratitudine, questa scatola d'oro gioiellata, col nostro ritratto (le dà una scatola di cartone bianco, con una testa di queste dozzinali, che si dipingono sulle ventaruole).

ROSINA (facendo una gran riverenza) Oh! mille grazie a vostra maestà.

CAMILLA Basta essere cantatrice, per essere fortunata...

DON FABIO Canta bene; ma una tragedia, che significa molto piú, non mi ha procurato mai tanto. Infelice Melpomene!

CANDIDO (in disparte) (Oh, che matti! Se la bevono tutti per una scatola d'oro. Poveretti! Cosa vuol dire aver dato la volta! Vorrei correre in mezzo a dar loro la baia, se non avessi questo maledettissimo naso, che mi tiene in una perpetua contumacia).

ALESSIO (a Rosina) Non vi dubitate, bella giovine, farò mettere sulle gazzette, come si costuma, voi, il vostro canto, e, quel ch'è piú, la vostra scatola d'oro.

TONINO Hai cantà? Oh, oh, oh. Ma parso de sí. Ho sentio un certo lerun, lerun, che m'ha messo tutto in gringola. Squasi, squasi canterave anche mi. So cantar, sale? Ah, ah, ah.

ROSINA Canta dunque, che ti compatirò.

TONINO Me dispiase de lassar qua ste calze, ma per un momento pazienza (canta un'aria di quella maschera, che in veneziano si chiama Pampalughetto).

La mia mamma poverella

Questa rosa mi donò.

Nel morir la meschinella

Questa a me raccomandò.

A la monsú, a la monsú, a la, a la, a la... (poi ritorna al motivo come sopra, e per l'ultima volta, avvertendo che nel cantare di tratto in tratto gli manca il fiato, e si dimentica le parole).

FLAMINIO Bravo davvero, signor Tonino.

ROSINA Lascia quelle maledette calze; ti farò prendere per tenore in mia compagnia nel teatro di Londra.

AURELIO (a Flaminio) (Se sapessi cantare ancor io, sarebbe un mezzo migliore di quello che tentiamo presentemente).

FLAMINIO (a Aurelio) (Tutti camminano per la loro strada, e voi dovete insistere nella vostra. Fate finezze a Camilla).

ROSINA (Ognuno mi ha applaudito, fuori che quella bestia dello schiva-femmine) (fra sé).

AURELIO Signora Camilla, chi vi ha piacciuto piú? L'aria della virtuosa, o quella del tenore?

CAMILLA Per me non c'à altro che i tenori, che mi vadano al cuore.

AURELIO (sorridendo) Siete veramente graziosa.

ROSINA (fra sé guardando Aurelio) (Sei veramente un somaro).

AURELIO Buono che non posso soffrire le donne.

ROSINA (Per altro farebbe di piú. Per quella bella figura!) (fra sé).

FLAMINIO (ad Aurelio) (Duro; va bene; l'amica si contorce), (S'avvicina a Rosina) La vostra abilità è portentosa. Io contendeva ora appunto in vostro favore con quel pazzo del mio compagno; ma già egli l'ha tanto contro le femmine, che non vuol né meno conoscerne i pregi quando ne hanno.

ROSINA (con ironia) E conosce poi quelli dell'altre! Ha fortuna, ch'io ho giudizio, e non mi picco di conquistare dei pazzi, ma vorrei farlo cascare innamorato morto prima di sera, a fronte di quella signora cerca-mariti.

CAMILLA (accennando se stessa, e facendo una riverenza colle mani in fianco) Signora-cerca, e signora-trova. Io l'ho trovato; e cosí? Il suo canto non fa breccia con tutti. Vi vogliono di queste guancie; (toccandosi le guancie) di queste taglie senza del guardinfante (con caricatura).

ROSINA Quasi, quasi, sai? mi metti a puntiglio. Basta...

CAMILLA (con ironia) Si metta pure.

ROSINA (con rabbia) Se mi monta,..

CAMILLA (con ironia) Discenderà.

ROSINA (con sdegno) Oh...

RODOLFO (a Rosina) Portate rispetto alla figlia d'un imperatore. Finiamola, perché chiameremo le guardie.

DON FABIO (avanzandosi, e inginocchiandosi a Rodolfo mostrando Rosina)

Signor, deh! per pietà, perdona all'ire

Di femmina oltraggiata, ognor piú fiera

Di tigre o di pantera... Ah! se clemente...

Scena nona

Benigno, e detti.

BENIGNO È in tavola; andiamo. (Don Fabio all'arrivo di Benigno s'alza) Aurelio, Flaminio, venite, che v'insegnerò la strada. (Sottovoce) Per voi due vi sarà una pietanza di piú, ma in camerino.

AURELIO Per noi non serve, già abbiamo pranzato due ore prima del mezzo giorno. (I nostri rispettivi genitori vanno ancora piú all'antica dell'ospitale) (a Flaminio in disparte).

BENIGNO Basta, se volete replicare, posso farvi questa grazia per essere la vostra mattina d'ingresso.

FLAMINIO No, no, amico; per noi è ora di meditazione (con aria di pazzia affettata) insegnateci piuttosto le nostre stanze, e ci ritireremo (ad Aurelio) (a far consiglio, mentre spero moltissimo).

TONINO I ha disnà prima de vegnir quà? Ah, ah, ah. I xe mati, che ha buo giudizio, perché in sto palazzo se magna piú tosto mal. Ah, ah, ah.

DON FABIO (ad Aurelio a Flaminio ed a Benigno) Presto spicciatevi o sí o no, perché la mia musa ha piuttosto fame, e ormai non mi reggo piú sui coturni.

BENIGNO Subito. (Ad Aurelio e Flaminio) Venitemi dietro. (Poi agli altri) Adesso torno (parte per la porta di mezzo).

AURELIO (incamminandosi, sospirandosi in disparte, e guardando Rosina dice a Flaminio) (Ah! perché non son pazzo davvero? Starei sempre qui).

FLAMINIO (Consolatevi, che il vostro desiderio è un ottimo segno di esser vicino a conseguire la grazia) (partono dietro di Benigno).

Scena decima

Rosina, Camilla, Don Fabio, Rodolfo, Candido, Alessio, Tonino, e poi Benigno.

RODOLFO (discendendo dal trono) È ora di discendere dal trono. L'udienza è stata ben lunga! Gran doveri, che abbiamo noi altri monarchi!

DON FABIO Cielo! questo Benigno non capita mai. Io vivo continuamente in Elicona, e l'aria di montagna fa crescere l'appetito.

ROSINA E a me la rabbia l'ha fatto scemare.

ALESSIO Finirò quest'articolo oggi dopo pranzo. Si tratta di molto. Una guerra di commercio! in questi giorni vuol dire assai.

CAMILLA (fra sé) (Freme la signora virtuosa. Ma l'ho trovato; sí l'ho trovato).

CANDIDO Nel momento del pranzo il poeta, e il sovrano si scordano uno della fama, l'altro del diadema. Non c'è altro che io, che non posso scordarmi il mio naso, se non voglio vederlo in minuzzoli.

TONINO So mo stufo de ste calze mi, par che sia pagà a zornada; ma me son impegnà che xe do ani in sto laorier; son un puto d'onor e vogio assolutamente finirlo. Ah, ah, ah. Andemio a disnar?

BENIGNO Son qui, andiamo dunque.

RODOLFO Andiamo, o nostra dilettissima figlia (prende Camilla sotto il braccio).

CAMILLA E Aurelio non ha voluto pranzare?

ROSINA (a Camilla minacciandola) Impertinente! Me la pagherai.

CAMILLA Non ho paura; vedremo.

BENIGNO Donne; giudizio, se no avrete voi pure la vostra dose, e chiamerò mia moglie vostra custode. Siete nell'ospitale, sapete?

ROSINA (guardando dietro a Camilla, con ira s'incammina) Basta...

DON FABIO Presto, presto; andiamo.

Tutti s'affollano per la porta di mezzo; Candido, che vorrebbe pure entrare, ogni tanto dà indietro per paura del suo naso; finalmente resta l'ultimo di tutti.

CANDIDO Chi ha prudenza l'adoperi. Questo naso vuol essere la mia rovina (entra).

Fine dell'Atto primo.

ATTO SECONDO

Scena prima

Prima ch'esca Don Fabio l'orchestra si sarà fermata a mezzo, nell'udire un forte strepito di dentro, che tuttavia seguita.

Don Fabio, poi Alessio, poi Candido, poi Tonino, e Benigno; poi Rodolfo, ed Eugenio.

DON FABIO (fuggendo con salvietta al collo, piatto ricolmo in una mano, e con posata di legno nell'altra) Andiamo, o Melpomene, a mettere in sicuro queste poche relique. Ho ancora una fame rabbiosa. Queste donne giocano ai piatti come si giocherebbe alla palla (corre nel suo camerino, e si chiude dentro).

ALESSIO (con salvietta sulla spalla, e un quarto di cappone ed altro sopra una gazzetta) Salva, salva. Misere mie gazzette! Chi lo avesse mai detto, che doveste servire in mia mano all'uso dei pizzicagnoli? Perdonatemi, adorate gazzette, ma bisogna mangiare per vivere (corre nel suo camerino, dove si chiude).

CANDIDO (con un pezzo di formaggio, e del pane) Gran burrasca ha superato il mio naso! Fra il volare dei piatti, e dei bicchieri, è un vero prodigio che tu sii ancor qui. (Toccandosi leggermente il naso) Ma presto, presto me la vedo anche in questo luogo. Sarà meglio serrarsi in camera (corre verso la propria camera, e trovando l'uscio chiuso crede di avere urtato col naso; cade indietro per terra). Oh Dio! Oh Dio! Il mio naso, il mio naso. Alessio maledetto, perché chiuder la porta?

ALESSIO (mettendo fuori il capo dalla porticella esce un poco) C'è nessun altro che voi?

CANDIDO No, aiuto per carità.

ALESSIO (esce liberamente) Ch'è stato?

CANDIDO (alzandosi con collera) Corpo del diavolo! Ch'è stato? Ridurre un galantuomo senza naso, vi par poca cosa?

ALESSIO Ma dove è andato?

CANDIDO Sarà assolutamente per terra (si pone come a cercarlo). Cerchiamolo; vediamo se si potesse rappezzare.

ALESSIO Eh! siete matto. Non l'avete ancora qua? (toccandogli il naso).

CANDIDO Piano, piano, con dolcezza. Cosa credete di toccare? Poteva io nascere con peggior disgrazia d'un naso di vetro! Di grazia guardatelo; è rotto? Ha qualche crepatura? L'ho battuto contro la porta.

ALESSIO Eh! che non ha niente; in ogni caso ci si rimedia con un poco di calce. Andiamo, andiamo.

CANDIDO Un momento di flemma, finché rammassi il mio formaggio (prende il formaggio, e si chiudono nel camerino).

Segue intanto il rumore di dentro, e viene Tonino con le calzette nella solita azione, e Benigno dietro che lo bastona.

TONINO (ridendo) Ah, ah, ah. Basta, che la sappia, che no la gha rason. Ah, ah, ah; La me favorisse un poco troppo, sala? ah, ah, ah (Benigno si ferma, come pure Tonino).

BENIGNO Sento, che tu ridi; dunque non c'è gran male.

TONINO Rido, sala? ma me dol i ossi. Ah, ah, ah.

BENIGNO Impara a favore il bell'umore fuori del tuo paese.

TONINO (Mio dano. Ho volesto far da cortesan, e qua subito pufete i ve regala) (fra sé accennando l'essere battuto).

BENIGNO (rimproverando Tonino) Prendere una sedia per batterla sulla testa alle due donne!

TONINO Mo no la capisse? Giera per ben, voleva metter de mezo.

BENIGNO Con molta galanteria veramente!

TONINO Ah, ah, ah. Me dala qualche cosseta da magnar?

BENIGNO Non c'è altro, hai pranzato.

TONINO Me son imaginà de disnar, ma no gho miga dísnà. Tra che ghe giera poco, e tra che ho desmesso apena scomenzà... (rammaricandosi).

BENIGNO Ridi anche in questo.

TONINO Mo dasseno che no rido, sala? I altri xe stai piú fortunai, i s'ha portà via el so tocheto de roba.

BENIGNO Va' dentro, dico (cacciandolo).

TONINO Mi no, che voi star fora. (Se podesse scampar a tola a robar qualcossa) (fra sé).

BENIGNO Presto, ubbidisci, se no... (alza il nerbo).

TONINO Ah, ah, ah; sí, sí la servo. Che bona maniera! (entra nel suo camerino, e Benigno gli va dietro, come per obbligarlo).

RODOLFO (che viene tratto fuori a busse da Eugenio) Noi ci stupiamo altamente, che si lasci trattare un sovrano in simil guisa. Ma finirai sulla ruota in parola di re.

EUGENIO Intanto imparate, che un cuoco può farla a un sovrano.

RODOLFO Ma noi volevamo difendere la nostra cesarea progenie.

EUGENIO C'era già la custode per separarla, e un uomo non deve mettersi fra le donne. (Riflettendo, e riprendendosi) Ma voi siete matto, e io son piú matto di voi a rendervi queste ragioni.

RODOLFO Oh scorno imperiale!

BENIGNO (ch'esce) Eugenio, come vanno le donne?

EUGENIO Si sono abbracciate col veleno negli occhi all'insinuazione del nerbo di vostra moglie, che stava già in aria.

RODOLFO Villana! Un nerbo contro la principessa Camilla! E dovevamo frenarci?

EUGENIO Ora che la faccenda è un po' aggiustata, abbiate giudizio, sacra maestà, o tornerò ad insegnarvelo. (A Benigno) (Non vi scordate del nostro affare).

BENIGNO (ad Eugenio) (Basta che quella pazza dica di sí. Per me sono impegnatissimo per quei signori, puoi immaginartelo).

EUGENIO (a Benigno) (Vado appunto ad avvisarli, che il pranzo, è finito) (parte).

Scena seconda

Rosina, e Camilla, tutte due pensierose, scapigliate, e disordinate per conseguenza della pubblica loro zuffa.

Rosina, Camilla, e detti.

BENIGNO Avete fatto pace, finalmente!

ROSINA (fra i denti, come da sé) Per forza.

CAMILLA (come l'altra) (Di cuore no certo). Per me, basta che Aurelio sia mio.

ROSINA Ma se questo è quello, che non ha da essere; e se Aurelio piace a me, appunto perché accomoda a te...

CAMILLA Ma perché dunque contendermi un amante, ch'è fatto al mio genio?

ROSINA Ma tu non devi essere fatta al suo.

CAMILLA Bisogna trangugiarla. Egli ha detto, ch'io sono la sola che merito tutto, e l'ha detto in faccia di te.

ROSINA Avrà burlato certamente. (Voglio veder io a momenti, se posso qualche cosa) (fra sé).

RODOLFO E qual monarca mai tacerebbe, udendo tali risposte all'augusto suo sangue? (A Benigno con sdegno; poi da sé) (Andiamo via per usare politica) (parte).

BENIGNO Oh non torniamo da capo, perché torneranno da capo le medesime insinuazioni (facendo cenno, che saranno battute).

ROSINA Non c'è dubbio, non c'è dubbio. La contesa presentemente deve essere a parole, e a riuscita; non piú a fatti.

CAMILLA A riuscita? Temo di pioggia (ridendo).

ROSINA Vedremo, vedremo, se non ci riesco, mi contento di diventar matta.

CAMILLA Questo non è possibile.

ROSINA Sarà piú possibile di quello, che tu trovi un marito.

CAMILLA E io, se non lo trovo in quest'oggi, dò la volta davvero.

ROSINA E se dai la volta, non puoi darla, che diventando savia.

BENIGNO (fra sé) (Qualche volta non posso negare di divertirmi. Il male è, che fra tanti pazzi, in tempo di estate, son sempre vicino a diventarlo ancor io).

Scena terza

Flaminio, Aurelio, e detti.

FLAMINIO Ch'è stato? Ch'è stato? Abbiamo sentito un gran rumore.

BENIGNO Niente, niente; baruffa di femmine.

FLAMINIO E perché mai, o sempre care, amabili, preziosissime donne, disturbarvi in tal guisa? Le vostre guance perderanno i colori, da' vostri occhi fugiranno gli amori, solo restandovi i marziali furori...

CAMILLA Indovinate per qual soggetto.

AURELIO Per quale, bella Camilla?

ROSINA (Bella...) (fremendo fra sé).

CAMILLA Tutto per voi.

FLAMINIO E per noi dunque vostri infelicissimi sudditi, tanto fracasso? Noi già siamo disposti a servirvi tutte due senza eccezione.

CAMILLA Che vuol dire, mi mettereste a mazzo con colei?

FLAMINIO Perché no cara. (Camilla gli dà uno schiaffo) Ahi!

BENIGNO Orsú questo menar le mani, non lo voglio permettere. Vado a chiamare mia moglie, che vi castighi, e vi chiuda nel camerino (s'invia).

AURELIO (a Benigno) Fermatevi per un momento. (Poi a Flaminio inginocchiandosi) Per pietà, caro amico, se mai mi amaste, perdonate a quella gentilissima mano una leggera involontaria applicazione.

FLAMINIO Poter del mondo! Non è stata né involontaria, né tanto meno leggera.

ROSINA (fra sé) Arriva a pregare per Camilla! Comincio a perdermi; (cantando)

Sono in mar, non veggo sponde

Mi confonde...

(parlando) Ma stiamo a vedere, e se non la vinco (barbaro Enea!) perirò colla mia Cartagine tra le fiamme.

AURELIO (sempre in ginocchio a Flaminio) Per pietà.

FLAMINIO Sí, sí, alzatevi; per esser voi, manderò giú anche lo schiaffo.

BENIGNO Che volete dunque da me?

FLAMINIO Che non istiate a chiamar la custode. Ho avuto lo schiaffo, gli ho fatto la ricevuta, e adesso quasi mi tocca a farne il ringraziamento. (Ad Aurelio) (Volete saperne una bella? Quello schiaffo mi ha messo il fuoco addosso).

AURELIO (a Flaminio) (Ah! se la mia Rosina mi favorisse altrettanto!)

FLAMINIO (ad Aurelio) (Il cielo vi conceda pure la grazia).

AURELIO (a Benigno) (Andate; fidatevi).

BENIGNO Ho da terminare qualche faccenda. (A Flaminio) Voi, che fra tutti questi mi parete il matto piú savio state attento a chiamarmi a ogni ombra di disordine, ch'io già son vicino.

FLAMINIO Non dubitate. (Benigno parte) (Ho ereditato una bella carica!) (fra sé).

Scena quarta

Rosina, Camilla, Aurelio, e Flaminio.

ROSINA (ad Aurelio) Signore schiva-femmine, di grazia favorite d'udire una parola (Aurelio s'incammina; ma).

CAMILLA (lo trattiene per un braccio) Non voglio. Mio marito non ha da udire che me.

FLAMINIO (a Camilla) Scusatemi, signora: che un marito diventi orbo, pazienza! ma che debba diventar anche sordo, parmi che sia un volerlo privare di troppi sentimenti. (M'è scappata da savio) (fra sé).

ROSINA Con tanto merito, hai tanta paura? Lo conosci dunque ch'io son bella, ch'io son virtuosa, e che anzi son regina?

CAMILLA Non ho la fortuna di conoscere nessuna di queste cose; e per prova di ciò, guarda, te lo lascio parlare quanto vuoi. Vattene; (piano) (Ma ricordati di salvarmi la mano).

AURELIO (a Camilla) (Per la mano siete sicura) (s'accosta a Rosina) Che volete? Comandatemi.

FLAMINIO (si accosta ad Aurelio) (Amico, sta' saldo).

AURELIO (a Flaminio) (Ho il mongibello nel corpo).

ROSINA (ad Aurelio tirandolo da una parte) (Come mai può piacervi questa pazza? Voi, che non potete vedere le femmine, voi che volete farla da savio, perché perdervi cosí miseramente con chi ha perduto il giudizio? Via, se vi perdeste con me, almeno, se non sono savia totalmente, son poi prima donna, canto di bravura, di espressione, e ho finalmente uno scettro al mio comando).

FLAMINIO (Se Aurelio resiste, la donna, benché matta, è sempre donna, e cascherà) (fra sé).

AURELIO (a Rosina) (Il piacere o il dispiacere, scusatemi, non ha ragione. S'io son vicino a qualunque donna, mi si solleva un vapore dalla milza, che mi riduce a poco a poco in disperazione. Ho trovato in quella sola ragazza un non so che destinato a calmarmi, e a sedurmi). (Forza mio cuore) (fra sé).

ROSINA (ad Aurelio) (Fate bene a chiamarlo un non so che, perché nessuno indovinerà cosa egli sia).

CAMILLA È finito il colloquio? È un po' lungo.

ROSINA (con ironia) Si stia tranquilla. Le sue bellezze non han paura delle regine. (Sguaiata!) (fra sé).

FLAMINIO (prendendo per una mano Camilla) (Credetemi; lasciate, lasciate che discorrano. Egli pur troppo è morto per voi, e mi toglie per sempre la speranza di possedervi).

CAMILLA (a Flaminio) (Anche voi mi amereste? (con fretta) Se Aurelio mai mi mancasse, ehi, v'incaparro per mio marito).

FLAMINIO (a Camilla) (Ed io ci sono. Dopo che ho avuto quello schiaffo, ho imparato a conoscere il pregio della vostra mano). Per mia fè, ridendo, dico davvero (fra sé). (In questo frattempo Rosina avrà fatto dei lazzi di dolcezza con Aurelio, e Aurelio con istento, di poca accoglienza).

CAMILLA (In ogni caso non posso cadere per terra) (fra sé).

ROSINA (ad Aurelio con dolcezza) (Ma io vi dispiaccio?)

AURELIO (a Rosina imbrigliandosi) (Non vi dico questo, ma donne... sapete... son vipere).

ROSINA (ad Aurelio) (Ma perché Camilla, e non Rosina è per voi una vipera, che ha perduto il veleno?)

AURELIO (a Rosina) (Per quel non so che).

ROSINA (ad Aurelio con isdegno) (Il quale sia ben maledetto, come tu, pazzo del diavolo. Tu vuoi farmi crepare. Gran cosa, ch'io abbia sempre a dar di testa in un troiano. Or ora) (cantando)

Selene, Osmida.

(Come chiamando)

Alcun non m'ode? Ah tutti

M'abbandonaste alla mia sorte infida.

CAMILLA Che c'è, che c'è, signora? Dà nelle smanie? Vuol acqua?

ROSINA Voglio, voglio... (Ah! la rabbia mi soffoca) (fra sé).

FLAMINIO (ad Aurelio) (Duro amico).

AURELIO (a Flaminio) (Eh! lo sono anche troppo).

CAMILLA Signor Aurelio, venite a casa al vostro dovere.

AURELIO (E ho da lasciarla!) (fra sé) Vengo subito (fa cenno di sí).

FLAMINIO (a Camilla) (Ma intanto non ci son io? Già non potete perire).

CAMILLA (a Flaminio) (E se vi volessi tutti due).

FLAMINIO (a Camilla impazientandosi) (Sarebbe un po' troppo; dovevate nascere un turco).

ROSINA (in questo frattempo avrà sempre dato nelle smanie; cantando)

Stelle! barbare stelle!

AURELIO (Bisogna vincersi). (Fra sé, poi andando da Camilla) Eccomi, anima mia.

ROSINA Ah! questo è troppo... sventurata Didone! Una nuvola... un incendio... un tumulto... una guerra... un demonio... (dando sempre nelle smanie).

FLAMINIO (a Camilla) (Quello è il piú bel segno della vostra vittoria).

CAMILLA (a Flaminio) (Oh, che gusto!)

FLAMINIO (fra sé come continuando il discorso di Camilla) (Per una donna). (Ad Aurelio) (Ecco l'imperatore: Aurelio, questa è la vera occasione di porre in opera il mio ultimo suggerimento).

Scena quinta

Rodolfo, e detti.

RODOLFO È partito quel nostro ribelle? Colui, che ha sí poco rispetto per i monarchi?

FLAMINIO Sí, quel maledetto aguzzino è partito. Me ne ha toccato una questa mattina... (ad Aurelio) (A voi).

ROSINA (Ingratissimo Enea! Se vi fosse qui Jarba vorrei farti crepar di dispetto. Oh Dio! Mi sento un gran male) (fra sé).

AURELIO (Si tenti il fine) (fra sé) Sacra maestà, ho una gran preghiera da indirizzarvi.

RODOLFO (mettendosi in gravità) Spiegatela; dateci il memoriale.

AURELIO Perdonate, non l'ho qui scritto; ma vi dirò a voce benissimo il contenuto. (Rodolfo si appoggia gravemente il mento sulla mano). L'onore della vostra cesarea parentela, e piú di tutto le rare bellezze della principessa vostra figlia, mi stimolano a chiedervela per mia consorte. Vostra maestà acquisterà un genero...

RODOLFO (mettendosi le mani in fianco) (Come, come? Mi meraviglio. Un privato come voi, per aver la fortuna di parlar meco sí familiarmente in questo luogo, crederebbe d'alzarsi con tale audacia sino al sangue imperiale?)

FLAMINIO Ehi, maestà, non lo conoscete? Quello è il re di Francia, che viaggia incognito. Potete dargli vostra figlia alla cieca, sulla mia parola.

RODOLFO (facendo una riverenza) È egli vero? Oh! scusateci, caro monarca fratello. Perché non farvi conoscere prima di questo momento? Nostra figlia è alla vostra reale disposizione. Camilla, tu diventerai regina di Francia.

ROSINA Che sento? Domandarla sugli occhi medesimi di Didone? Oh destino crudele della vedova di Sichéo! (battendo i piedi).

CAMILLA È venuto infine il mio momento. Dopo due lustri di carestia, ho trovato uno, e anche due mariti, se voglio.

AURELIO (a Rodolfo) Dunque io sarò vostro genero.

ROSINA Ah! si finisca degnamente di noi. Già tutto è perduto. Il mio scorno è irrimediabile. Su Didone (cantando)

Arda la Reggia, e sia

Nel cenere di lei la tomba mia.

(Fa un salto a piedi giunti nel fondo, come se vi fosse il rogo; fatto il quale cadrà svenuta sopra un piccolo sofà da lei considerato pel rogo).

FLAMINIO (ridendo) O bella!

AURELIO (a Flaminio) (Io non resisto. Temo che le sia venuto male).

FLAMINIO (ad Aurelio) (Chi sa che non fosse meglio?)

AURELIO (sarà corso a Rosina) È svenuta certamente.

CAMILLA (ad Aurelio) E che v'importa di lei? Badate alla vostra sposa.

AURELIO (a Camilla) Ah! m'importa piú di quel che credete. Gente, soccorso. Rosina è svenuta.

CAMILLA Come? (Non capisco) (fra sé).

Scena sesta

Benigno, Eugenio, e detti.

AURELIO Guardate in quale stato per mia cagione! Uno svenimento improvviso...

BENIGNO Come è svenuta saprà rinvenire.

AURELIO Ma questa è una barbarie. Cerchiamo di richiamarla.

CAMILLA (Sono stordita) (fra sé).

FLAMINIO (a Camilla) (Credetemi; attaccatevi a me).

AURELIO Presto.

EUGENIO Ma qui io non ho odori. Per mio conto potete disporre di qualche salsa.

AURELIO Vi vuol altro che salsa per questa infelice. Uno spirito, uno spirito.

EUGENIO Adesso, adesso. Un poco d'aceto (entra).

CAMILLA (andando verso Aurelio) Con tanta premura, voi mi mancate assolutamente di rispetto. Scostatevi, o farò nascere una guerra fra voi e mio padre, che metterà in iscompiglio l'Europa.

AURELIO Eh! lasciatemi col padre, coll'Europa, e colle follie di tutta la vostra famiglia.

RODOLFO Benissimo; quest'oggi due armate, una in Italia, una in Fiandra.

EUGENIO (che viene) Ecco l'aceto.

AURELIO Tentiamo (tentano di porgerlo alle narici di Rosina).

CAMILLA (inginocchiandosi) Vedi, o augusto genitore...

RODOLFO Alzati, o figlia. (Camilla s'alza) Vediamo pur troppo, vediamo tutto. Se non vi fosse questo galantuomo, sapremmo anche batterci da soli a soli col temerario monarca.

BENIGNO (a Rodolfo) Sta quieto, se no... (alzando il nerbo).

FLAMINIO (fra sé) (La scena è graziosissima, ed è piú graziosa ancora, perché io son venuto a innamorarmi nell'ospitale, e per uno schiaffo). (A Camilla con tenerezza) Ah! Camilla...

CAMILLA (con sdegno) Eh! lasciatemi stare (resta immersa ne' suoi pensieri appoggiandosi una mano alla fronte).

ROSINA (rinvenendo a poco a poco) Chi mi sveglia? Dove sono? Mi pare d'aver dormito due anni. Che bizzarro vestiario è il mio? Che casa è questa?

BENIGNO Bella! non la conoscete? l'ospitale.

ROSINA Degli ammalati?

AURELIO No, cara, dei pazzi.

ROSINA Oh Dio (piange) Levatemi per pietà queste spoglie disonorevoli; datemi le mie prime.

EUGENIO Come? Se siete entrata nell'ospitale con queste.

ROSINA Oh Dio! (piange).

FLAMINIO (fra sé) (Che fosse diventata savia? Bel prodigio sarebbe il mio!)

ROSINA Fui dunque fuori di senno?

AURELIO Sí; voglia il cielo, che non lo siate pur ora.

ROSINA (alzandosi) Ah! non mi pare. La mia afflizione, l'arrossire di questi abbigliamenti... il non conoscere alcuno... Chi siete voi? (ad Aurelio).

AURELIO (inginocchiandosi) Uno che perdutamente v'adora.

ROSINA Ah! sarà forse uno di quelli, che mi somigliavano fino a questo punto nella follia. Alzatevi, sventurato (con aria di compassione della sua supposta pazzia. Aurelio s'alza).

FLAMINIO (da sé) (Adesso poi è savia certamente; savia senza dubbio, poiché ha conosciuto Aurelio per matto. (Ridendo) Tutto sta ch'io non debba servirle di cambio per amor di costei!) (accennando Camilla).

AURELIO Son pazzo sí, ma solamente per voi.

ROSINA O per una cosa o per l'altra, mi dispiace, ma vedo che voi lo siete.

AURELIO (fra sé) (Me infelice! Avrei ben creduto di sembrarlo, ma non mai a tal segno).

EUGENIO (a Benigno) (Per mia fe', amico, vi cala una suddita; e naturalmente vi porta via i due, che vi sono cresciuti questa mattina).

BENIGNO (ad Eugenio) (Basta che vengano i cinquanta zecchini, lascio andare anche il regno).

FLAMINIO (a Rodolfo) (Imperatore, non dubitate, io vi suggerirò un mezzo di fargliela tenere).

RODOLFO (a Flaminio) (Ditelo per carità. Vi saremo grati).

FLAMINIO (a Rodolfo) (Aspettate un pochetto, e mi ringrazierete).

EUGENIO Vedo una livrea; non so di chi. Fosse un altro matto? Ma di staffieri ne diventano pochi, perché sono tanto avvezzi a... (fa il cenno di rubare colle dita) che rubano involontariamente anche il giudizio ai loro padroni. Venite, amico; venite avanti.

Scena settima

Pimpinone, e detti.

PIMPINONE Ho commissione di cercare se qui vi fosse, per caso, il signor Aurelio Levanti figlio del signor Fulgenzio... Oh chi vedo! Il mio padroncino in quella figura! Oh Dio! Egli ha dato la volta sicuramente. Povero il mio padrone! (piangendo).

FLAMINIO (Gli equivoci si vanno curiosamente moltiplicando. A momenti mi aspetto anche i miei) (fra sé).

AURELIO (a Pimpinone) No, calmati, Pimpinone; ho tutto il mio buon giudizio. Son qui, è verissimo, in figura di pazzo, ma per pura bizzarria.

PIMPINONE (affliggendosi fra sé) (Se l'ho detto, che ha dato la volta! (percuotendo i piedi sul suolo) Vuole, ch'io creda, ch'è pazzo per bizzarria!).

Sí, signore, bizzarria; son persuaso; ma di cervello travolto pur troppo. Ah povero il mio padroncino! (piangendo si appoggia contra il muro).

ROSINA Che buon servitore! Misero giovine (accennando Aurelio) Aver perduto il senno in età cosí fresca!

AURELIO (impazientandosi) Vi dico a tutti, che mi farete montar sulle furie, ostinandovi a credermi quello che non sono (Pimpinone s'alza sbigottito).

PIMPINONE Eh! sí, signore, avete ragione, siete savio.

EUGENIO (a Benigno) (Sta a vedere, che adesso impazzisce davvero).

BENIGNO (ad Eugenio) (Mi dispiacerebbe prima dei cinquanta zecchini).

RODOLFO Figlia, scuotiti, sollevati, penseremo a qualche rimedio.

CAMILLA Per me la spezieria non ne ha che uno solo. Un marito, un marito...

FLAMINIO E non son io a vostra disposizione?

CAMILLA Ma non credo ancora, che Aurelio... (Ad Aurelio) Ingrato, m'hai abbandonata del tutto.

AURELIO (disperato) Volesse il cielo, che avessi abbandonato il mio amore.

CAMILLA Dunque persisti nella volontà di esser mio sposo?

AURELIO Persisto nel mio demonio, che mi perseguita (mettendosi le mani nei capelli).

ROSINA Poverino! Fa proprio pietà.

AURELIO (a Rosina) Ma non capisci, che sono innamorato di te, che non posso soffrire colei? Che tutto questo fu uno stratagemma...

ROSINA Sí, sí, intendo quello, che devo intendere (compiangendolo).

CAMILLA Va', uomo incostante; si vede bene, che quantunque re non puoi lasciare d'esser volubile come i tuoi sudditi (si va a gettare piangendo sul sofà, dove s'era gettata Rosina).

AURELIO (a Flaminio) (Amico, mi poteva toccare di peggio? Io non voglio sacrificare né il custode, né il cuoco, palesando la trama. Dillo tu per carità, a tutti questi, ch'io sono savio, che non sono pazzo se non per burla).

FLAMINIO (ad Aurelio) (Ma voi mi avete messo nell'impossibilità di servirvi. Come volete, che mi credano, se già dicendo, che voi siete savio, io non sarei riputato, che sempre piú matto?)

AURELIO (correndo a Pimpinone con calore) Sentimi dunque, Pimpinone;

vedrai, te lo giuro, che non ho perduto il cervello. Fammi solamente una grazia, che già si accorderebbe anche a un pazzo.

PIMPINONE Comandatemi; ma piú lontano che potete.

ROSINA (Si vede chiaro pur troppo. Che peccato! Mi scordo quasi per lui di uscire da questo luogo) (fra sé).

In questo frattempo Pimpinone avrà fatto dei lazzi con Aurelio di cercare di stargli lontano.

AURELIO Sí, sí, sta quieto; non ti toccherò, per mio delirio. Va’ da mio padre, dígli che m’hai trovato all’ospitale...

PIMPINONE Che bella consolazione per quel povero vecchio!

AURELIO (fra sé) (E che bel castigo ora per me!) Digli, che venga qui subito, che suo figlio gli proverà di esser savio, e che tornerà a casa sul momento con lui.

PIMPINONE Ah! lo volesse il cielo, che potesse tornare a casa.

AURELIO Va’, dico, va’, se no ti caccio.

PIMPINONE Vado, vado; vi servirò, e manderò il signor Fulgenzio (parte).

Scena ottava

Rosina, Camilla, Aurelio, Flaminio, Rodolfo, Eugenio e Benigno.

AURELIO (a Flaminio) (Ma come posso uscire da questo imbroglio?)

FLAMINIO (ad Aurelio) (Non c’è altro, che raccomandarsi al custode, che palesandovi savio, la giustifichi come una burla).

AURELIO (a Flaminio) (No; voglio prima sapere il mio destino da matto). Bella Rosina, incomparabile Rosina, se avessi giudizio, sapendo quanto v’adoro, mi accettereste per isposo?

ROSINA Se la prima condizione fosse possibile, perché no?

AURELIO Quando è cosí, Eugenio, Benigno, mi getto alle vostre ginocchia, scongiurandovi, che mi scopriate, non già per quello, che sempre piú sembro, ma per quello che sono.

EUGENIO Io per me posso far fede semplicemente, che questa mattina eravate savio.

ROSINA Sentite, poveretto? Non lo può far per adesso.

AURELIO Ma voi almeno Benigno...

BENIGNO Oh Dio! Come costei in pochi momenti ha fatto conoscere veramente, che ha ricuperato il cervello, cosí voi, scusatemi, fate molto sospettare, che l'abbiate perduto.

FLAMINIO (Chi non riderebbe di lui in quest'impiccio? Ma chi ancora non riderebbe di me, vedendomi calamitato in sí fatta guisa da una sublime guanciata? Questo luogo manda pure dei gran fumi alla testa!) (fra sé).

AURELIO (a Benigno e ad Eugenio) (Orsú, se voi non mi giustificate, io poi mi ritratto della promessa).

EUGENIO (a Benigno) (Quando è cosí, amico, io non consulto piú l'apparenza). (A Rosina) Sí, signora, era savio questa mattina, e deve esserlo sicuramente anche adesso; cosí pure il suo amico ch'è questo. (Indicando Flaminio) Ci hanno indotti a qui accettarli per poche ore, onde tentare di farvi rientrare in cervello, giacché appunto questo signore Aurelio mostrava un'estrema passione per voi. Il nostro naturale buon cuore non ha saputo negargli tal grazia; egli, e il suo amico sono riusciti in fatti meravigliosamente a farvi ricuperare il giudizio. Ne avete a questi l'obbligazione. Ecco il totale, e sincero racconto.

ROSINA Io sono sbalordita. È egli vero? Voi v'innamoraste di me ad un tal segno?

AURELIO Sí, anima mia: sentendovi a cantare dalla strada, e poi, avendo la fortuna di vedervi da un balconcello, ho ridotto Flaminio, che vi presento, a fingersi pazzo con me. Abbiamo inteneriti questi due cuori sensibili, e ci siamo a bella posta mutati di spoglie. È egli vero Flaminio?

FLAMINIO È vero, signora, ed è anche verissimo, che a forza del disprezzo, che gli ho suggerito per voi, e del finto amore per questa ragazza, (accennando Camilla) siamo riusciti a pungervi, a scuotervi, e per mezzo d'un utilissimo sfinimento a totalmente guarirvi.

ROSINA Quando è cosí, io mi dono con tutto il cuore a chi m'ha renduto nella ragione il piú prezioso dei beni. Aurelio, voi mi piacete, ed anzi non vi voleva per ottenermi nemmeno una prova come questa d'intera, non mai sperata, saviezza.

AURELIO Quanto io sono felice! Datemi dunque la mano. Amico, e voi due (ad Eugenio e Benigno) siatene testimoni.

ROSINA Eccola (si danno la mano).

AURELIO Oh dolce mia sposa! (abbracciandola) Quale evento e prospero e inaspettato!

RODOLFO (scuotendo Camilla, e facendola alzare) Figlia, tu, che hai piú coraggio di noi, vendicati colle tue unghie; il re di Francia l'ha sposata sugli occhi tuoi.

CAMILLA Che sento? Giur'al cielo! Ah! Re traditore, non scapperai da queste mani (gli corre dietro ma Flaminio la trattiene).

FLAMINIO Signora, signora; non cercate voi altro che un marito? Io ve l'ho detto, son qui.

CAMILLA Ah sí sí, mi ricordo, eravate in due.

FLAMINIO Qui la mano. Ecco, o Cesare, l'alta vendetta, che contro quel perfido monarca io voleva suggerirvi, e che ora, col mio vivo amore per vostra figlia, vi scopro.

RODOLFO Come? come? Voi non portate corona.

FLAMINIO Vedrete, che la porterò benissimo con vostra figlia, quando vi avrò detto i miei titoli. Se quello è il re di Francia, io sono qualche cosa d'uguale, e vi abbraccio in qualità di vostro genero il re delle Spagne (s'abbracciano).

RODOLFO Oh! quanti monarchi sono venuti a visitarmi in quest'oggi! Questa benedetta moda di viaggiare in incognito, fa prendere degli sbagli infiniti. Camilla dategli subito la mano.

CAMILLA (agitata) Un marito... un marito... È egli vero? Quale interna rivoluzione? Qual palpito di viscere? Qual non so che di soavità mi si spande nel cuore? Chi mi sostiene? Che ho io presentemente, che possa sturbarmi? (pensando) Un marito? (pensando) Se l'ho; s'è questo: non è vero Flaminio?

FLAMINIO (sempre scherzevole) Sí, son io quel buon galantuomo, che lo fa, e per sopra piú con tutto il genio possibile. Volesse il cielo, ch'io almeno vi sposassi, non dirò savia in sostanza, ma savia in apparenza, come porta la società.

CAMILLA Assicuratevi, ch'io sono un'altra.

BENIGNO (ad Eugenio) (Sta a vedere un'altra bella, e portentosa guarigione).

EUGENIO (a Benigno) (Se le cose incredibili non nascono qui, dove hanno da nascere?)

CAMILLA Prima di questo momento, mi pareva sempre di vedere mio padre circondato dalla sua Corte, occupato a scrivere dispacci a tutti i monarchi per pregarli d'accettarmi in consorte, poiché nessuno di loro voleva risolversi a domandarmi, ed ora vedo benissimo, che questa non può essere Corte, che il povero genitore porta la maestà nella schiena; (additando l'ordine) e mi ricordo, ch'io son nata la figlia d'un calzolaro, che leggendo i foglietti al caffè si pose a delirare per le grandezze.

FLAMINIO Che bel passaggio dal genero d'un imperatore a quello d'un calzolaro! Ma pazienza; l'amore giustifica tutto. Almeno tornasse savio, che potrei risparmiare cosí se non altro i denari delle scarpe.

Scena nona

Fulgenzio vestito all'antica, sostenuto da Pimpinone.

Fulgenzio, Pimpinone, e detti.

FULGENZIO (a Pimpinone) Dov'è?

PIMPINONE Eccolo; non lo vedete in quella veste da camera?

AURELIO Ah! signor padre (si getta ai ginocchi del padre).

FULGENZIO Ah! signor figlio, l'hai fatta bella!

ROSINA È questi vostro padre?

AURELIO Sí, gettati ai suoi piedi; questa è vostra nuora, e mia moglie (Rosina s'inginocchia).

ROSINA Accettatemi...

FULGENZIO (a Rosina che s'alza) Levatevi, vi dico; non ascolto matti.

AURELIO (fra sé) (Siamo da capo). (Con collera) Ma tu Pimpinone perché...

PIMPINONE (ad Aurelio) Gli ho detto, gli ho detto, che voi avete l'idea di esser savio; ma se si legge nella vostra fisonomia, che anche quest'idea è un delirio, io non so cosa farvi.

ROSINA (a Flaminio) Signore persuadetevi...

FULGENZIO Devo lasciarmi persuadere da te, che sarai forse piú matta di lui?

AURELIO Flaminio, Benigno, Eugenio, parlate per carità; levate dall'anima di mio padre questo dubbio, che mi fa torto.

FULGENZIO (Che disgrazia! Un figlio unico, che si è ridotto a finire nell'ospitale dei pazzi. Ah! me lo sono sempre immaginato) (fra sé).

FLAMINIO Signor Fulgenzio, io sono l'amico di vostro figlio; ma appunto per questo capisco, che non mi avrete una gran riputazione di giudizio, massime nell'arnese presente; ma queste due persone rispettabili cuoco, e aguzzino, potranno tutto manifestarvi.

FULGENZIO (indirizzandosi a quelli) Potrete manifestarmi, che sono piú pazzi che mai.

ROSINA (Oh cielo! non si persuade) (fra sé).

BENIGNO Non signore, anzi vi chiediamo scusa tutti due d'una condiscendenza, che abbiamo usata al vostro signor figlio, e al suo amico, e vi scongiuriamo di salvare il secreto in faccia del mondo. Uffiziale, tu che sei avvezzo a mettere la salsa per tutto, la conterai meglio di me.

EUGENIO (Tutto sta che quel signore sia piú in istato di gustare la salsa) (fra sé).

FULGENZIO Spiegatevi.

EUGENIO Il povero signor Aurelio, innamorato di questa ragazza, ch'è persona civile, e di comodo stato, ci obbligò, mediante le sue gentilezze ad accoglierlo in questo luogo col suo amico. Cambiò d'abiti seco lui com'era necessario. Giunse a fine, non solo di guadagnarla, ma prima ancora di guarirla. Il suo amico l'ha imitato, ha preso una cotta solenne di quest'altra giovine, che vedete, e si sono scambievolmente fatti un momento prima che voi veniste, i due matrimoni.

CAMILLA (a Flaminio) (Caro sposino, che dirà mai quel vecchio di me con tutti questi fiori?)

FLAMINIO (a Camilla) (Dirà... vi vuol flemma, dirà quello ch'è stato vero sin ora).

AURELIO Lo capite ora signor padre? Tutt'altro che pazzo, io sono anzi ammogliato.

FULGENZIO Mi dai veramente una bella prova del tuo cervello facendomi vedere che hai preso moglie, e qui dentro!

ROSINA Ah, signore, non crediate già che la mia condizione possa disonorarvi; ho un fratello, ch'è ricco, il quale tosto che sappia ch'io son guarita verrà certamente a visitarmi, che ho piacere che mi trovi e maritata e ragionevole, e che cosí mi dovrà render conto del mio, in cui disporrete d'una convenevole dote.

FULGENZIO Il vostro cognome?

ROSINA Pelati; il nome Rosina. Rosina Pelati vostra umilissima serva, e affettuosissima nuora (fa un inchino).

FULGENZIO Con due parole voi la sbrigate molto facilmente. Ma, (pensando) la famiglia Pelati, benché forestiera, è assai nota, e vi accetto di buon grado per quella ch'or già mi siete.

ROSINA Che siate benedetto!

AURELIO Quanto vi devo mai, signor padre!

FLAMINIO Spero, che perdonerete anche me, signor Fulgenzio, un'assistenza, che mi ha poi costato il castigo del matrimonio.

FULGENZIO Sí, sí. Potrei lamentarmene coi vostri parenti... ma voglio perdonarvi.

RODOLFO Come? Sposarsi colla figlia di un imperatore sarà un castigo per vostra maestà?

FLAMINIO No, caro suocero, parlavamo in genere, non già della reale nostra consorte. (Ah! perché non posso mandarlo a bottega! Ne ho appunto bisogno) (fra sé, guardandosi le scarpe).

CAMILLA (a Flaminio) (Sposino, son savia; ma non lo sarò poi per volerla tenere dal marito contro l'usanza).

FLAMINIO (a Camilla) (Cara! già m'immagino; ma ho burlato per placare quel vecchio).

EUGENIO Ci accordate dunque il perdono signore, e ci promettete sìlenzio? (a Fulgenzio).

FULGENZIO Meritereste castigo, ma non voglio rovinarvi. Andiamo dunque a casa signori sposi. Ho appunto una carrozza coperta, che anderà a meraviglia per non farvi tanto vedere in quel bel vestiario.

ROSINA Non vedo l'ora di strapparmelo di dosso. Ma qui non ho altro.

AURELIO Flaminio ed io abbiamo qui i nostri abiti. (A Benigno) Ecco i cento zecchini promessi (gli dà una borsa).

EUGENIO (ad Aurelio) Grazie all'amor vostro per tutti due. Se il cielo vi ha dato la moglie, ve la mantenga savia, o, al peggio andare, pazza piuttosto da ospitale, che da casa.

AURELIO Andate a prendere i nostri vestiti, che ci aiuterete a rimettere.

BENIGNO Vado subito.

FLAMINIO (sempre scherzevole) Signor Fulgenzio, farete la grazia anche a questa amorosissima copia (accennando se stesso, e la moglie) di prenderla con quella che v'appartiene in carrozza, onde mandarla a casa dopo condotta la vostra?

FULGENZIO Sí volentieri. Anderò a piedi con Pimpinone. Sarà meglio, perché se fossi con voi, potrebbero prendere me pure per matto.

PIMPINONE Vi domando scusa, signor padroncino, se ho creduto...

AURELIO Sí, sí. Chi in fatti non l'avrebbe creduto?

BENIGNO (cogli abiti; li mette in dosso, ed aiuta Flaminio, ed Aurelio; e vestendoli dice) Ricordatevi, che questi abiti, che ora lasciate, vi han portato la fortuna.

FLAMINIO Aspetta un poco, caro amico, e poi potremo dire s'è vero (si saranno già abbigliati).

AURELIO Per me bacio questa veste da camera, che m'ha procurato e la mano, e la guarigione di Rosina.

ROSINA Per carità, conducetemi presto fuori di questo luogo.

FULGENZIO Adesso anderemo. Pimpinone, fa che s'avanzi la carrozza. (Pimpinone parte, poi a Rosina). Tu poi ricordati di lasciare in questo luogo la pazzia.

ROSINA Non dubitate.

FLAMINIO Sarà un bel dire al mondo quando usciremo, che quello, che fa perdere per solito agli uomini e alle donne il cervello, questa volta l'ha fatto acquistare. Nessuno lo vorrà credere.

AURELIO Se l'amore fa tutti i prodigi, doveva fare anche questo.

EUGENIO Voglio dare l'avviso ai matti, che le donne van via. Vediamo, se ci han gusto o disgusto (entra ed esce di camerino in camerino).

CAMILLA Converrà, dunque, che mi distacchi da voi, signor padre. Ah! se poteste guarirne...

RODOLFO Noi non abbiamo alcun male. I nostri medici di corte ci hanno assicurati di una perfetta salute. Ti lasciamo figlia diletta, con dispiacere sí, ma con giubilo, e ti mandiamo di cuore a regnare a Madrid. Anzi aspetta un momento. Alessio (chiamando).

Scena ultima

Alessio, Eugenio, e detti: poi Candido, poi Tonino, poi Don Fabio, poi Pimpinone.

ALESSIO Son qui, che veniva. È vero che parton le donne? Lo metteremo nelle gazzette.

RODOLFO Sí; e dovete far mettere anche il gran matrimonio, ch'è seguito improvvisamente fra nostra figlia, e il re di Spagna, che qui vedete. Nessuno potrà dire questa volta, che la vostra novità non sia autentica, se ve la detta di propria bocca l'Imperatore.

ALESSIO Bene; sarà eseguito. Ma mi dispiace, che ci lascino quelle ragazze.

CANDIDO Signor Benigno, è vero, che parton le donne?

BENIGNO Sí; e per questo?

CANDIDO Mi dispiace; benché il mio naso m'impedisse di star loro vicino, pure qualche cosa ne godea da lontano.

TONINO (ad Eugenio) Sior, sior, come xela sta cossa? Non rido minga; i ne porta via ste putele? Ma cossa gavemio fato?

FLAMINIO (Anche i matti, per mia fè, non ci han gusto). (Riflettendo un momento) (Oh! in fatti poi non sarebbero matti) (fra sé).

EUGENIO Non c'è altro che ti facci prendere da una di lor due per far calzette.

TONINO Magari! (Accostandosi) La diga siora Rosina, me vorla? Ghe farò dodese pera de calze al'ano; e de che ponto fin! Gò dei feri stupendi.

ROSINA Quando avrai finite quelle, allora discorreremo.

TONINO E ela me vorla, siora Camila?

CAMILLA Chi sa? Al mio ritorno vi darò la risposta.

TONINO Prego el ciel, che la torna presto. Ah, ah, ah. Le diga, care ele; le me tioga tute do. Se devertiremo. Ah, ah, ah.

DON FABIO (frettoloso) È egli vero, che parton le donne? Chi potrà recitare la mia tragedia? Mi son fermato alla metà della composizione dell'ultimo atto.

PIMPINONE La carrozza è pronta. (La chiameranno la carrozza dei matti) (fra sé).

FULGENZIO Orsú, figlio, nuora, Flaminio, e la sua sposa, leviamoci presto da questo luogo, che non ci fa troppo onore.

AURELIO Vi seguiamo, signor padre. Dammi il braccio, Rosina.

ROSINA Con tutto il cuore (partono).

FLAMINIO Camilla, è bene che partiamo, se no, or ora i matti ci sequestrano, e ci fan guerra per non rimanere senza donne.

CAMILLA Avete ragione; son con voi. Padre, vi bacio la mano.

RODOLFO Figlia, ci distacchiamo col pianto agli occhi. Spedisci un corriere tosto che sarai arrivata a Madrid.

CAMILLA (Infelice!) (Fra sé accennando Rodolfo, e parte a braccio con Flaminio).

BENIGNO Buon viaggio.

EUGENIO Buon viaggio.

TONINO Vago anca mi (volendo andar dietro alle donne).

BENIGNO (trattenendolo) No, no, voi restate.

ALESSIO Io poi... (incamminandosi pure come sopra).

EUGENIO (trattenendolo) Voi poi resterete dove resta Tonino.

CANDIDO Se non avessi paura, che nel contendermi l'uscita, mi rompeste il mio naso, vorrei uscire per forza. L'uomo non può vivere senza la compagnia della donna.

DON FABIO Io poi non voglio uscire, se non ho finito la mia tragedia. Il pubblico la sospira; per mancanza di donne, non voglio privarlo di un tanto bene; tu Tonino, mi farai il piacere di recitare da prima donna, e la seconda la cambierò in un confidente, come si costuma.

TONINO Ve servirò, ma per altro cola condizion, che me lassè laorar anche in sena. Ah, ah, ah. Ma no me posso scordar da quele putele. Vago in camera a pianzer. Ah, ah, ah (ridendo parte).

ALESSIO Io a leggere.

DON FABIO Io a finire.

RODOLFO Noi a stabilire le partecipazioni colle altre potenze.

CANDIDO Io a rammaricarmi col fatale mio naso.

EUGENIO (a Benigno) E noi altri a consolarci dei cinquanta zecchini (tutti entrano).

Fine.

47

Liked This Book?

For More FREE e-Books visit Freeditorial.com